KB127502

끝을 시작하기

끝을 시작하기

김근 신작 시집

K

POET

아시아

차례

끝을
시작하기

프롤로그

어느 날 짐승 한 마리가 왔다
짐승은 골목을 어슬렁어슬렁
걸어왔다 긴 팔로 담을 타 넘고
성큼성큼 계단을 올라 내 방문을
열었다 그것은 물속을 걷듯이
긴 털들을 하늘거리며 느릿느릿
내게 왔는데 그것이 거쳐온
자리마다 긴 털들이 느릿느릿
하늘거리는 모양으로 남아서
사라지지 않았다 마치 똑같은
모습의 여러 마리 짐승이 줄지어
서서 앞선 짐승의 동작을 계속
따라하며 오고 있는 것처럼도
보였다 시간이 한없이 느려지고

각각의 움직임으로 분절된 채

이어지는 시간 속으로는 흘러가지

못하고 그만 정체되어 짐승의

잔영이 오직 오고 있는 모양으로

느려진 시간의 갈피마다 발견

되는 것이라고만 나는 짐작했다

성성이를 닮은 것도 같았지만

확실치는 않다 어쨌거나 짐승은

내게 와서 사람의 말을 잔뜩

지껄였다 였으나 나는 한 마디도

알아듣지 못했다 짐승이 갑갑증을

못 이겨 팔을 이리저리 흔들어대는

바람에 방안은 온통 그것이 부려

놓은 털들의 잔영으로 어지러웠다

내 방 안을 제 털로 휘저어놓고도

갑갑증을 해소하지 못하고 짐승은

돌아나갔다 나가다가 짐승이 방문

앞에서 잠깐 멈춰 고개를 돌려

내 이름을 불렀는데 나는 그 역시

알아듣지 못했다 짐승은 왔던

길로 다시 갔다 그것이 거쳐간

자리에는 오는 짐승과 가는

짐승의 움직임이 동시에 붙박였다

잠시 뒤 경계를 뭉그러뜨리며

잔영이 허공 속으로 흩어져버릴

기미가 보여서 나는 얼른 그것들이

남긴 말의 조각들을 퍼즐 맞추듯

이렇게 저렇게 꿰어맞춰 보았는데

이윽고 말 하나가 만들어졌다
한데 그 말은 오래전 내가
수첩에 휘갈겨놓았던 말과
같았다 신묘함에 몸을 떨었으나
내 이름을 맞춰볼 엄두는 차마
내지 못했다 성성이의 털로 붓을
만든다는 말을 들은 것도 같은데
그 붓으로 글을 썼다는 말은
들어보지 못했다 짐승의 털로
붓을 만들었으면 좋았으려나
하는데 짐승의 잔영은 처음부터
없었다는 듯이 이내 사라져버렸다

제1부

제1장

그것이 깨어난다 어둠 속에서 어둠으로 된
깃털들이 그것을 간질인다 그것이 꿈틀
거린다 바닥에서 미세한 소리 불규칙적으로
바닥에 닿았다가 떨어지는 소리 힘겹게
일으켜졌다가 이내 무너지는 소리의 반복
몇 번의 반복 뒤에 이윽고 새어나오는
한숨 어둠 속에서 적요를 깨뜨리지 못하는
가느다란 어두운 한숨 소리 한 덩어리의
침묵과 어둠 가르지는 못하는 못하고는
스러지고 마는 어둠은 한번 퍼덕이지
않는다 날아오르지 않는다 어둠은 그저
어둠일 뿐 해도 그것은 깨어난다 기어이

그것이 깨어난다는 사실만이 나를 말하게

하지 깨어남 이전과 깨어남 이후 사이에서
말하기 이전과 말하기 이후의 사이에서 나는
말하지 그것은 그것만인 채로 정형 없이 형상
없이 깨어난다는 서술만이 일어나고 있지
깨어난다는 사건이 말속에 생겨나며 나는
말하기 시작하지 시작이 시작하자마자
그것은 그것이 되어 있지 보이지 않아도
꿈틀거리며 어둠 속에서 제가 살아 숨쉬고
있다는 신호를 내게 생의 시작인지 종결인지
깜깜하게 진행인지 알 수 없게 어둠 속에서
그것이 어둠 속이라 나 또한 어둠 속이므로

그것은 머리가 있는지 모르고 눈이 있는지
모르고 어쩌면 눈을 떴을지 모르고 눈을

깜박일지 모르고 눈꺼풀 파르르 떨리고 있을지

모르고 해도 어둠에 먹힌 그림자처럼 눈을

뜨자마자 어둠이 재빠르게 그것의 동공 속으로

스며들었을지 모르고 코를 벌름거릴지도

모르고 킁킁킁 어둠을 가늠하는지 모르고

팔다리의 굳은 관절이 잘은 움직여지지 않아

그것은 바닥에서 버둥거리고 있을지 모르고

그것은 벌거벗었는지 모르고 벌거벗은 육체로

바닥을 쓸며 이리저리 움찔움찔거리는지 모르고

말은 가라앉고 무거운 연기처럼 그것에는

가닿지 못하고 그것은 그것에 불과하고

나는 나에 불과하고 가정은 어디까지나

가정에 불과하고 나는 늘 가정 이전에만

머물러 있지 현재는 가정 이후가 늘 아직인

채로 발생하지 않지 해서 내가 가정 속에서

그것을 전개시킨다고 해도 전개는 좀처럼

진전되지 않은 채 전개 이전을 바라보지

거기 머뭇거리는 내가 그것을 어찌할 줄

몰라하지만 내가 말하고 그것이 있다는

사실만은 변하지 않지 않으므로 나는 그것을

가정 속으로 꾸역꾸역 욱여넣어 보는 것인 바

사람이라고 하자 그것이 어둠 속에 누워 있다고

누워 있던 그것이 몸을 일으키려 하고 있다고

실패한다고 하자 실패가 거듭된다고 하자 실패

뒤에 한숨 내쉰다고 다시 시도 실패 시도 실패

가 이어진다고 하자 눈을 뜬다고 하자 보이지 않는

다고 하자 보이지 않아서 눈을 감았는지 떴는지
눈꺼풀의 감각으로만 알 수 있다고 하자 팔을
조금씩 움직거려 본다고 하자 다리를 조금씩
움직거려 본다고 하자 잘 안 움직이는 팔다리
제 것이 아닌 것 같은 팔다리 따로 노는 팔다리
눈 코 입을 얼굴 가운데로 잔뜩 모으고 안간힘을
쓴다고 하자 조금씩 피가 돌듯이 사지가 비로소
제 사지인 것처럼 아직은 잘은 아니어도 조금씩은
점점 조금씩은 움직여진다고 하자 마침내 손끝에

말은 어디까지 움직이는가 말은 풀어지지
못하고 망설이고 맴돌고 어디까지 정체되는가
지금 말은 과거가 없고 말은 미래가 없고 말은
오로지 현재에서만 저를 끝없이 떠나보내고

횡설수설이 무성해진다 무성히 가지를 늘이며
횡설과 수설이 구분되지 않는다 낮인지 밤인지
새벽의 어슴푸레함인지 저녁의 어스름인지
밝아오는지 어두워가는지 횡설과 수설이 구분
되지 않은들 어차피 횡설이고 수설이어서
헛소리가 여기 알을 슬고 알이 부화하고
헛소리의 무수한 새끼들이 여기를 뒤덮는다
뒤덮어 가라앉는다 무거운 연기처럼 너에게
닿지 못해 너는 아직 깨어나고 나는 오직 말하지

그것은 깨어난다 어둠 속에서 그것은 깨어서
조금씩 몸을 일으킨다 서서히 고개를 들어
두리번거린다 어둠뿐 침묵뿐 그것은 더듬거린다
바닥에서부터 발가락 종아리 허벅지를 거쳐

제 몸의 터럭이란 터럭은 다 세어보기라도 하듯

조심스럽게 아주 천천히 배와 가슴과 팔과 목에

손끝을 가져간다 몸은 따뜻하고 부드럽고

아직 차갑지 않다 아직 딱딱하지 않다 않다고

느낀다 그것의 손끝이 만진다 남의 살을 만지듯

그것의 정체가 쉽게 드러나지 않는다 그것의

정체가 쉽게 결정되지 않는다 말속에서

말의 어둠 속에서 깃털로 된 어두운 말속에서

지금 그것은 그저 자신의 몸만을 남의 살을 만지듯

말이 또렷해지지 않는다 말의 방향이 또렷해지지

않는다 그것이 또렷하지 않아 나 또한 또렷해지지

않는다 말속에 생겨나 그것이 막 움직이자 나

역시 이제 막 생겨나고 있다는 사실을 숨기고

오지 않는 말의 시간을 나는 그것 뒤에 숨어서

제2장

이봐 거기 누구 없어? 여긴 나뿐인가 나라고

할 수 있는 육체가 반쯤 몸을 일으키고 손끝을

겨우 세워 더듬더듬 어둠을 쓸고 있을 뿐

어두운 육체를 더듬더듬 만져보고 있을 뿐

이봐 거기 내 기척을 느낀다면 대답해줘 말은

아직 못 되고 소리에 지나지 않을지 몰라도 내가

아 하면 어 정도로는 내게 소리라도 보내줄 수

있지 않나 여하튼 난 계속 말이 될 때까지 소리를

흘려보낼 작정이라고 거기 누구에 도착할 때까지

이봐 거기 누구 없어? 여기서 무슨 일이 일어난

게 분명하고 누가 날 버리고 간 게 분명해

그렇지 않고서야 벌거벗은 채 여기 널브러져

있을 리 없지 그렇지 않고서야 처음 태어난 것

처럼 이 어둠 속에서 오직 어둠만을 가늠하며

말이 되지 못하는 소리를 지껄이고 있을 리

없지 이리 깜깜하게 기억이 없을 리 없지

그렇지 않고서야 없고말고 이봐 거기 누구라도

어둠이 깃털 같은 말을 들은 것도 같은데

어디서 까마귀 소리라도 들려오지 않고서야

어둠이 깃털일 리 없지 나를 감싼 어둠은 질척한

진흙 같아 그 진흙 속에서 지금 막 내 육체가

빚어지고 있는 중이야 내가 만질 때마다 그건

거기 있어지는 중이야 당연하지 않나 여긴

어둠뿐이라서 만져야만 그게 거기 있는 줄

안다고 벌거벗었다는 사실도 그제야 알게 되지

않겠나 까마귀 소리 한번 들리지가 않아서

온통 않아서 말이야 온통 없어서 말인데

하거나 있는 것들이 저 깊은 어둠 속에
모습을 감추고 있어서 말이지 아직 내 몸에
들러붙지를 않아서 말인데 그것들은 어디엔가
도사리고 있는 모양이야 낌새를 엿보는 거지
내가 어떤 낌새를 보여야 그것들은 올까 와서
붙을까 붙어서 나를 내가 알아볼 수 있게 할까
인데 말이야 시방 나는 나를 알아보지 못하고
있다고 해야 하는 건가 나를 알아보지 못하고
못하면서 왜 나는 나를 나라고 말하고 있는지

난감에 난감을 보태도 나처럼이나 난감하지야
않겠지 않을 거고말고인데 하 참 없네그려 머리가
만져지지 않네그려 손끝이 목젖을 지나는데 손끝이
턱의 굴곡으로 이어지지를 않고 툭 허공으로 그만

튕겨지고 말지를 않는가 갈 곳 몰라하던 손끝이

텅 빈 어둠 속에 버려지고 있는 중인데 버려지는

것은 손끝만이 아니어서 머리가 없다는 사실이

생겨나는 순간 팔다리가 버둥버둥 버둥둥거리지

헝겊인형의 그것처럼 제각각 방향도 없이

흔들리고 몸통은 대가리 잘린 닭새끼처럼이나

제멋대로 지랄하고 발광하고 날뛰고만 있다는 것

은 상상일 뿐 몸은 힘없이 늘어지고 팔다리는 철푸덕

다시 바닥으로 널브러지고 마는데 팔과 다리가

잘 안 움직여지는 것은 그 탓인가 하는데 그럼

머리는 어디에 머리는 어디서 눈을 감고 뜨고

있는 거지 거기도 어둠인 게 분명하군 아니

머리 있는 곳이 여기이고 몸통 있는 곳이 거기인가

아무튼지나 여기도 거기도 다 어둡군그래 어둡고

어둡고나 그래 그래그래서 그래서나 그래설라무네

무슨 일이 일어나고 있는가 무슨 일이 일어나고
있는 중인가 무슨 일이 일어나지 않았는가 무슨
일이 일어나지 않고 있는 중인가 남아 있는 것은
몸뚱이 남아 있지 않은 것은 머리통 혹은 그 반대
소리를 벗어날락말락하는 겨우 말인 것은 몸뚱이 위
남은 목의 뚫린 구멍으로부터 새어나오는가 아니면
어딘지 알 수 없는 머리통의 굳어가는 혀의 움직임
으로부터 입술 사이로 흘러나오는가 그것도 아니면
몸뚱이나 머리통 바깥으로 새어나오거나 흘러나오지
않은 말들이 그 안쪽을 속절없이 맴돌고 있는가 말의
안쪽은 어디인가 말의 바깥쪽은 어디인가 머리통의
바깥은 몸뚱이인가 몸뚱이의 바깥쪽에 머리통이 굴러

다니고만 있는가 질문들은 누가 하는가 몸뚱이인가
머리통인가 질문들을 누가 멈추게 할 수 있나
어둠 속에서 곧 영영 어둠에 먹혀 어둠의 내장
속에 있는지도 있었는지도 모르는데 부패할지도
모르는데 부패해 살 녹아내릴지도 모르는데 검은
추깃물 흐를지도 냄새 지독할지도 모르는데 서로
마주할 수는 없는 것이 분명한 거리에서 머리통은
몸뚱이와 누가 먼저 썩나 내기할지도 모르는데
몰라서는 모르긴 몰라도 모를지도 모르는데

제3장

*끝을 시작하기*라고 쓴다 때마침 햇빛이
기운다 햇빛은 오래된 책장의 글자들을
하루 종일 야금야금 먹어댔다 글자들을
포식한 햇빛이 물러난다 햇빛이 먹다 만
글자의 조각들 방 안 구석으로 쓸려가고
어둠 깃들인다 남은 글자들은 어둠의
먹이가 될까 *끝을 시작하기*라고 쓴다
햇빛이 나를 빛바래게 한다 어둠이 나를
낡아가게 한다 평생을 지나온 것처럼 *끝을*
시작하기 끝에서 시작하기 말고 끝난 뒤
시작하기 말고 끝을 끝내기 아니라 시작을
시작하기 아니라 시작을 끝내기 그것도
아니라 빛바램과 낡음 너머 삭아 부스러져
아예 사라지기 딱 그 전까지 *시작하기 끝을*

내가 나를 보고도라고 쓰고 싶었다 *끝을 시작*
하기 이곳의 나무들에겐 모두 육식의 흔적이
있군이라고 없는 어미는 자꾸 일어나고라고
끝을 시작하기 어린아이가 빠져 죽은 늪이 생겨
나고 나무들에겐 입이 없고 이빨만 있어 이빨
아니고 이빨의 기억만 이빨 빠진 흔적만 아니라
혼곤한 육체의 찢긴 찢어져 흩어진 바람 나무
껍질에 매달리고라고 쓰고 싶었다 *끝을 시작*
하기 내가 나를 보고도라고 오래전인 듯하고
방금 전인 듯도 한 어린아이가 빠져 죽은 늪이
무성해지고 어디서 먹는 소리 먹어치우는 소리
멸하고 생하는 소리 없는 어미는 수많은 없는
어미가 되어 자꾸 일어나고 일어나 수없이 나를
때리고 내가 나를 보고도 *끝을 시작하기* 부어

오르는 숲 검은이라고 이곳의 나무들에겐 모두
육식의 흔적이 있군 우물 하나 발견되지 않고
라고 쓰고 싶었다 바닥 하나 바닥에 엎드린
종족 하나라고도 발견되지 않고 피 흘리는 귀
살 위로 돋는 얼굴 얼굴들 생하고 멸하는이라고
내가 나를 보고도 있는 것들의 *끝을 시작하기*
그림자들 무섭게 흔들리고 없는 것들 쪽으로만
흔들려 서로 몸을 *끝을 시작하기* 섞고 섞여
버리고 없는 어미 일어나고 잃어버린 *끝을 시작*
하기 눈동자 하나 숨어서 누군지도 모르는 어린
아이가 *끝을 시작하기* 빠져 죽은 늪을 보는데
라고 쓰고 싶었다 바람 매달린 나무에서 미끄러
지는 미끄러져 떨어지는 *끝을 시작하기* 모가지
내가 나를 보고도 꿈속에서건 *끝을* 꿈밖에서건

시작하기 우물 하나 발견되지 않고 이곳의 나무

들에겐 육식의 *끝을* 흔적이 있군 *시작하기* 오래

전 *끝을* 인 듯 방금 전인 *시작* 듯 *하기*

내가 *끝* 나를 보 *을* 고도 *시* 라고 *작하* 쓰 기 고

싶었다

싶었지만

도깨비바늘처럼 달라붙는 *끝을 시작하기*

검고 깊은 숲으로 이어지는 풀이 무릎

까지는 자라 흔들리는 길인지 아닌지 모르

겠는 오솔길 어디쯤에서나 묻어왔는지 붙어

왔는지 끈질기게 옷 사이를 비집고 살을

찔러대는 찔러 따끔거리게 하는 털어도 털

리지 않는 아무리 떼어도 떼어지지 않는

않기만 하는 지독하게 끝내 *끝을 시작하기*

때문에

때문 때문 때문으로만이어서인데

*끝을 시작하기*라고 쓴다 하는 수 없이

끝을 시작하기 이제 낡아갈 일만 남은 방

안에서 어둠 쪽으로 내 몸의 검정이 빠져

나간다 다 쓴 잉크병처럼 검은 얼룩만 몸

여기저기 묻어 있다 더럽게 *끝을 시작하기*

라고 쓴다 어둠은 하여 바깥쪽으로부터

오지 않고 안쪽으로부터 오지 않았을까

의심해도 햇빛이 남긴 글자의 부스러기들

자음과 모음이 따로따로인 것들 이미 이미나
구분할 수 없어지고 어둠의 일부로 스며
들고 하면 햇빛도 바깥쪽으로부터가 아니라
안쪽으로부터 새어나왔던 것 아닌가 하면
암시와 예감이라 해도 될까 어두운 암시
눈부신 예감이라 해도 *끝을 시작하기*라고
눈부신 암시라거나 어두운 예감이라 해도
바래만 지고 낡아만 지고 이렇거나 저렇거나
*끝을 시작하기*라고 쓴다 내 몸엔 더 이상
글자 따위 남아 있지 않아 *끝을 시작하기*
말고 아무것도 없이 텅 비어 남은 얼룩
짜내어 몇 방울의 검정으로 *끝을 시작하기*
라고 쓴다 암시 속에서 살기라거나 예감 속
에서 죽기라거나 이렇거나 저렇거나 이제나

저제나 바래고 낡을 일만 남아 가까스로

끝을 시작하기

라고

라고만

쓴다

제2부

제1장

나는 그것을 너라고 부를 거다 사람이므로
사람이라고 가정되었으므로 인칭이 필요하지
1인칭은 적당치 않아 너와 나는 분리되어야
해 그렇지 않으면 너는 나의 기억 속에서만
허우적거릴 테지 3인칭도 적당치 않아 네가
내게서 너무 멀어지면 곤란하단 말이야 너를
3인칭으로 부를 때 너라는 호칭 없이 또다른
누군가 나와 너 사이에 끼어들지는 않을지 너를
너라고 부르지 않을 때 나는 내가 어디 있는지
알 수 없을 거라고 너라고 너를 부를 때야 나는
누구의 참견 없이 내가 네게 지시한다는 기분으로
여기 있게 될 거야 여기서 너를 보게 될 거야

너는 움직인다 사위가 어슴푸레 밝아진다

희미한 빛이 네 몸의 경계를 만든다 너는
머리가 없다 너는 보지 못한다 조금씩
움직인다 너는 팔을 뻗는다 바닥을 더듬는다
손끝에 감각을 집중한다 팔을 뻗은 만큼
앞으로 기어간다 다시 팔을 뻗는다 손끝에
집중한다 너는 또 간다 너는 머리가 없다
몸이 갈피를 잡지 못한다 이따금 엎어진다
다시 몸을 일으켜 무릎을 끌며 한쪽 손을
바닥에 짚는다 너는 다른 쪽 팔을 뻗을 수
있을 만큼 뻗어 손가락을 있는 힘껏 벌리고
모든 손가락 끝에 신경을 집중시킨다 손에
아무것도 만져지지 않는다 너는 무릎을
엇갈리며 한쪽 허벅지를 몸쪽으로 끌어당긴다
몸이 앞으로 나아가고 다른 쪽 오금이 엉덩이

뒤쪽에서 둔각으로 펴진다 이번엔 다른 쪽
팔을 뻗는다 다른 쪽 손을 휘젓는다 계속 너는
거듭 움직인다 아무것도 만져지지 않는다 허공
뿐이다 너는 또 간다 네 몸의 경계에 희미하게
빛이 번진다 텅 빈 어깨 위에서만 빛은 예리해진다

네 머리를 없앨 수밖에 없었어 너를 보려면
빛이 있어야 했지 희미하게 어슴푸레하게나마
눈알을 뽑는 것으론 부족하지 단지 보는 것만
아니라 네게 생각할 기회도 주지 않아야 해
네 머리 따위 어디 버려져 있는지 관심도 없지
그게 눈을 떴는지 감았는지 아직도 피 흘리고
있는지 네가 나를 보고 나에 대해 생각한다면
완벽한 억압이 아니지 나는 너를 억압할 거다

나는 너를 억압할 거다 행여 빛이 생겨났다고 네게

장소가 생겨나리라 착각하지 말길 기억 없이

장소가 어떻게 생겨나겠어 너는 움직이는 몸

움직임만 있는 몸뚱이 그거면 족해 족하지 족해

가다가 네 손이 무언가 만진다 너는 멈춘다

너는 더 이상 앞으로 가지 않는다 딱딱한 표면

거친 무늬가 울퉁불퉁 만져진다 원통이 수직으로

길쭉하게 뻗어 있다 너는 나무일 거라 짐작한다

너는 나무를 만진다 너는 두 손으로 나무를 잡는다

너는 한쪽 무릎을 세운다 나무를 미는 힘으로

너는 세운 무릎과 발바닥에 힘을 준다 너는 서서히

일어선다 너는 손을 점점 위로 뻗으며 나무의 외피를

더듬거린다 너는 완전히 일어선다 너의 가슴 높이쯤

나무에 수평으로 묶인 줄 하나가 만져진다 너의
손은 더 이상 위로 올라가지 않는다 너는 줄을
따라 손을 뻗는다 너의 손이 줄을 따라 더듬더듬
손을 따라 너의 몸도 방향을 튼다 가다가 네 손이
무언가 만진다 너는 몸을 멈춘다 황급히 너는 손을
뗀다 너의 몸이 순간 굳어진다 너는 놀란 표정이
없다 너는 머리가 없다 너는 보지 못한다 손끝이
떨린다 손끝이 그것에게 조심스럽게 다가간다
손끝이 그것에게 닿는다 손끝이 그것이 나무에
줄로 묶인 것이라는 걸 감지한다 손끝이 천천히
그것을 만진다 손끝이 그것의 부드러움을 감지한다
손끝이 그것의 따뜻함을 감지한다 손끝이 그것이
시나브로 식어가고 있는 것을 감지한다 손끝이
그것이 몸이라는 것을 그것이 사람이라는 것을

감지한다 너는 만진다 몸을 두 손이 발가락부터
발목과 종아리를 지나 무릎을 지나 허벅지를 지나
사타구니를 지나 배꼽을 지나 명치를 지나 앙상한
갈비뼈를 지나 가슴을 지나 어깨와 쇄골을 지나
목젖을 지나 더듬더듬 턱을 더듬더듬 더듬더듬
더는 오르지 못한다 갈팡질팡 길을 잃는다 손이

말을 그만 멈춰야겠어 말이 너를 옭아매려던 말이
내 목을 졸라와 졸린 목에서도 말이 바람 빠지듯
새어나와 숨막혀 이젠 새새끼 울음 같은 말 안에서
네 몸이 감정을 그러나 감정이라니 움직임뿐인
몸뚱이에서 그쳐야겠어 여기서 말을 감정이 내게로
옮아오기 전에 이 헛소리를 헛소리로 반성하게
되기 전에 그 전에 내 말의 목졸림을 네게 전염

시켜야겠어 네게는 네 말이 있었겠지만 내 말에는

네 말이 없었는데 머리 없는 몸뚱이에서 말이라니

상상도 할 수 없었는데 네가 움직이기 시작하면서

실은 나는 목졸리고 있었는데 나를 목조르는 건

오직 네게만 향하는 내 말인가 내 말속에서만

움직이는 너인가 내 말을 벗어난 네 말인가 하여

살고 봐야겠어 숨막혀 막혀도 슬프지는 프지는

않아 않고 말고 않다니까 숨막혀 않지만 말야

제2장

머리가 있군 자네 묶여 있고
묶이진 않았으나 나 머리가 없네

누구나 하나씩은 있고
누구나 하나씩은 없지

누구나 한 번씩은 묶이고
누구나 한 번씩은 널브러지네만

*

소리 입었는지 내 말 머리 없이
없어도 말 이리 주저리주저리
흘러나오네만 둥치만 남은 목

구멍에서 새는 소리랑은 내 말

무관하여 말은 말대로 소리는

소리대로 가르는 것 맞겠으나

소리 입지 못한 말도 말이라고

할 수 있겠나 발음 거치지 않은

말도 할 수 있겠나 말이라고 귀

있어도 자네 내 말 결코 듣지

못하니 내 말 기어코 듣기는 아예

불가능한 말 되고나 마네 하여

말 되지 못한 소리라 내 지껄였던

말은 틀렸네 소리까지 닿지 못한

말이라 해야 옳았으려나 묶여 있는

자네 곁에 머리 없는 웬 몸뚱이 하나

색색 바람 빠지는 소리나 이따금 내며

널브러져 있다고 자네 여길지도

모르겠네만 혹시 여린 입술 사이로

말 흘려보내고 있지나 않은지 자네

귀 없으니 나 듣지 못하고 자네와 나

말 주고받는 사일랑은 애당초 될 수도

없겠으니 어찌해봐도 줄 수도 그 말

받을 수도 없겠네 서로에게 말

없는 채로 듣지 못하는 말만

주저리주저리 있는 채로 우리

여기 있기만 있어도 없어도 있겠네

있어만 지겠네 하 없겠어도 여기 우리

*

어디서 바람이라도 불었으면

몸 안쪽으로부터 빠져나오는

바람 말고 골목으로 숨어들어

막다른 구석에 웅크려 떨며

불안한 눈 치켜뜨는 깡마른

바람 말고 먼 산줄기 타고 와

솔숲에서 한없이 잘게 쪼개져

차갑게 팔을 찔러대는 바람

대숲에 이르면 대숲을 통째로

출렁이게 반짝이게 하는 바람

바람이라도 불었으면 불어온다면

생생할 것만 같은데 자네의 나의

이 살 따뜻한 피 돌 것만 같은데

같아서 나 자네의 몸을 만지네

내 가진 것 촉각뿐이라서 혀라도
있었으면 자네의 몸 샅샅이
맛보았으련만 시큼한 바람 맛이라고
느꼈을지도 몰랐으련만 없어 손끝으로
자네 몸에 난 모든 터럭을 세어보기라도
할 것처럼 일으켜 세우기라도 할 것처럼
조심스럽게 천천히 부드럽게 가만가만
불어 스미는 간지르는 산들바람이라고
자네는 생각했을지 모르네 모르네만
자네의 턱 언저리에서는 말일세
손끝이 말일세 더는 말일세 더듬지는
못하고 말일세 작은 회오리나 그리더란
말일세 바람이라도 불었으면 바람이라도
자네의 히마리 없이 윤기 없이 늘어진

머리칼 쓰다듬어주기나 했으면 내 것이

아닌 자네 머리통으로나 바람이라도

내 망설이는 손끝에라도 내 없는

머리에라도 아무 일 없는 듯이

어디서 불었으면 바람이라도

*

얼마나 오래 나무는 자네를

껴안고 있는가 얼마나 오래

자네는 죽어가고 있는가

꺾여선 아직 떨어지지 않은

꽃송이처럼 자네 머린 아등

바등 몸에 매달리는 모양으로
떨궈져 있군 나무에 접붙여진
것처럼 묶여 있는 자네고 보면
어쩌면 자네 머린 나무가 채
떨구지 못한 꽃송이일지도
모르겠네만 머리와 같이 숨도
몸에 겨우 붙어 아등바등
매달리고나 있는 건지

머리가 없으니 나 죽었다고
머리가 있으니 자네 살았다고
할 수 있는지 움직이므로 나
살았다고 움직이지 못하므로
자네 죽었다고 할 수 있는지

자네 머리를 댕강 잘라내

내 몸 위에 이어 붙인다면

삶과 죽음이 서로 몸을 바꿀까

내가 어느 쪽일지는 자네 또한

삶 쪽일지 죽음 쪽일지는 여전히

오리무중이네만 행방도 알 수

없는 내 머리에 비한다면야

하는데 하면 자네 입으로

나오는 말은 내 말인가

자네 말인가 자네 눈으로

보는 것은 내가 보는 것인가

자네가 보는 것인가 하는데

나는 또 알아보지는 못하고

말겠네 자네 얼굴을 아니

내 얼굴을 아니 자네 얼굴을

아니 아니 내 자네 얼굴을 영영

*

누군가 말하고

누구나 살고

누구나 죽지만

부패해

녹아내리는 것은

신체인가

시간인가

누군가 또 입을 다물지

제3장

*끝을 시작하기*를 전개시켜 보기;

끝을 시작하기. 그와 함께. 그때 그는 그의 의지가 있다고 말할 수 있나. 나는 내 의지가 있다고 말할 수 있나. 끝을에 의지가 있다면 그것은 죽음을 향해. 시작하기는 예감 속에서나 가능할 것. 예감은 지속될 것인지. 죽음은. 시작은 예감의 지속을 향해. 해서 이기는 것은. 끝일까. 시작일까. 남는 것은. 나인가. 그인가. 끝에서는. 끝이. 끝나게 될까. 시작이. 끝나게 될까. 해도 끝을 시작하기. 그와 함께. 헝클어지는. 이 관념의. 시작을. 끝내기. 시작하기. 끝을. 다시.

*

*끝을 시작하기*를 전개시켜 보기;

　그는 그의 삶을 살고. 나는 나의 삶을 살고. 서로의 삶의 반경이 이따금 겹치고. 겹친다고 착각하고. 착각으로. 그와 함께. 시작하기. 끝을. 모르는 어둠 속으로. 손을 내밀어. 더듬어보기. 그는 그인지도 모르게. 내 촉감으로만. 있기. 있게 하기. 그는 잠들어 있기. 그를 깨우지 않기. 깨어 있어도 깨우지 않기. 내 손끝. 내 반경 안에서. 있기를. 그는. 그저 잠들어 있기. 결코 내 쪽으로 깨지 않기. 내 삶의 반경 안에서. 눈 뜨지 않기. 내 촉감으로만. 있기. 있게 하기. 는 실패하기. 언제나 실패한 채로. 기다리기. 그가 깨기를. 깨지 않기를. 실패하기를. 나의 실패. 그의 실패. 다시. 기다리기. 실패로. 만나기. 돌아서기. 영원히. 엇갈리기. 엇. 갈리기. 다시.

*

*끝을 시작하기*를 전개시켜 보기;

비 내리기. 내린 줄도 모르게. 비 그치고. 그가 죽기. 죽었다. 고 소식이 오기. 생전에 내 살에. 그의 살이 닿았던. 기억. 죽어 없어져버린. 그의 살 다시. 내 살에 살아나고. 자꾸 살고. 그가 죽었다. 고 소식이 오기. 없는. 그가 있어만 지기. 내 살에서 다시. 비 내리기. 나무들은 짐승처럼. 사나워지기. 오락가락 비. 오는 줄도 모르게. 가는 줄도 모르게. 그가 죽기. 그가 죽었다. 고 소식이 오기. 그의 얼굴. 순식간에 잊히기.

밤새 그가. 문 하나를 그리고. 문 앞에 서 있기. 칠이

벗겨진. 문. 닫힌. 문. 안으로는 들어가지. 못하기. 오직 문 앞에서. 온몸이 젖어. 오들오들. 떨고 있기. 비도 오지. 않는 밤. 뭉친 머리카락. 찬 이마에 치덕. 치덕 달라붙기. 아무도 그의 손을. 문 안으로 잡아. 끌지 않기. 문 밖으로도. 오직 문 앞에서. 오직 그가. 있기. 바보야 문 안쪽엔. 내가 없어. 문 밖에도 아무도. 없지 문조차도. 라고는. 말해주지 않기. 못하기. 그는 나를. 알지 못하기. 알아보지 못하기. 보지 못하기. 않기.

   그가 죽기. 몇 번이고. 죽기 내 살에. 비 얼룩처럼. 번지고 스미고. 삶에서 비워진. 그가 내 살에. 흘러넘쳐. 내 몸이 그의. 몸인가 의심하는. 가운데 비 내리기. 날이 개다 다시. 날 흐리고 나무들은. 사나워지고 몸부림치며. 윽박지르며 서로 섞이며. 한 덩어리 숲이 되기. 바

람이 숲을 통째로. 흔들고 울리고. 다시 비. 내리기 너무
많이. 내린 비로 내 얼굴. 쓸려 내려가기. 나는. 그에게.
잊히기. 없는. 그에게. 얼굴이 없기. 다시.

*

*끝을 시작하기*를 전개시켜 보기;

시작하기. 그와 함께. 어미와 함께. 죽은. 아이와 함
께. 없는. 우물과 함께. 생겨만 나는. 늪과 함께. 죽은. 시
인들과 함께. 끝을.

다시.

제3부

제1장

너. 는. 멈. 춘. 다. 그. 만.
너. 는. 포. 기. 한. 다. 머. 리. 를.

너가 자네를 만지지 않을 때 너는 어디에
있습니까 자네가 너에게 말하지 않을 때
자네는 어디에 있습니까 만지지 않을 때
말하지 않을 때 너와 너의 자네는 없는
것들이 사는 나라의 어느 자욱한 안개 속을
헤매고 있습니까 저들의 없음과 함께 정녕
만지지 않을 때 말하지 않을 때 혹 너무 많이
있습니까 너와 너의 자네는 너무 많아서
너무 들끓어서 너무 빽빽해서 저들은 없는
것과 다름없습니까 한가지입니까 있음과
없음이 있기는 있습니까 없기는 없습니까

나. 무. 에. 기. 대. 너. 는.

떨. 군. 다. 없. 는. 머. 리. 를.

한 사람이 나무에 묶여 있었습니다 깨어보니

기억은 처음부터 없었던 것처럼 사라져

있었습니다 몸은 벌거벗겨졌고 의식은 흐려져만

가고 눈을 가늘게 뜨고서야 그는 거기 아무도

없다는 걸 알았습니다 희미한 빛 무리가

그가 묶여 있는 나무 주변을 배회했습니다

희미한 빛에도 그림자가 드리워졌습니다

나무와 한 몸인 그의 그림자 안타깝게도 그는

고개를 들 힘이 없었으므로 그의 그림자에는

머리가 없었습니다 그가 눈을 뜬들 해서

그림자가 눈을 뜬들 무슨 소용이었겠습니까

의식은 갈수록 흐려지고 그는 의식의 여린
실을 겨우 붙잡고 입술을 보이지도 않을
만큼 벌리고 오므리기를 반복했습니다 그러자
그림자가 꿈틀거리기 시작했습니다 그림자
안에서 무언가 생겨나고 있었습니다 그것이
몸을 일으키고 조금씩 기어오기 시작했습니다
그가 중얼거리면 중얼거리는 대로 그것은
움직였습니다 그는 그것의 움직임을 제 쪽으로
향하도록 계속 중얼거렸습니다 중얼중얼
움직임 움직임 조금씩 조금씩 미세하게
그것은 그에게 다가왔습니다 다가와서 그를

네. 손. 이. 떨. 어. 진. 다. 힘. 없. 이.
네. 몸. 이. 늘. 어. 진. 다. 시. 체. 처. 럼.

그 사람은 나입니다 너라고 그것을 부른 이는
나입니다 너가 자네라고 부른 이는 나입니다
내가 말함으로 해서 그것은 너가 되었고 너가
말함으로 해서 나는 자네가 되었습니다 우리는
모두 2인칭입니다 해도 너가 나로 환원되는 것은
아닙니다 그림자에서 생겨난 그것이 나라고
확신할 수도 없거니와 한번 생겨난 너는 쉽사리
사라지지 않습니다 너 이전과 이후가 같다고 할 수
있습니까 정말이지 너가 말을 하게 되리라는 것은
예정에 없었다니까요 너의 말이 내 억압을 벗어
날 때 스스로 말을 뱉을 때 말할 수 있습니까
너는 나라고 나는 너라고 나는 다만 자네입니다

침. 묵. 이. 너. 를. 기. 어. 오. 른. 다.

침. 묵. 이. 없. 는. 머. 리. 를. 타. 넘. 고.

너였던 그것이 이제 움직이지 않습니다 그저
널브러져 있습니다 내 의식도 점점 멀리 도망
갑니다 내가 붙잡을 수 없는 곳으로 가서 점점
안 돌아옵니다 우리는 곧 부패하겠지요 벌써
그림자는 지독한 냄새를 풍기며 썩어가고
있습니다 한데 나는 누구의 목소리 안에서
부패해갈까요 나는 누구의 말 안에서 생겨나
묶이고 사라져가는 걸까요 한데 나를 부추겨
자꾸만 말을 시키는 당신은 누구입니까 질문
이전에 있는 자는 질문 이후에 있는 자는
누구입니까 나를 질문 한가운데로 밀어넣는
자는 이 사변을 그치지도 못하게시리 자꾸만

귀기울여 내 말을 듣고 있는 당신은 끝끝내

침. 묵. 이.
침. 묵. 만. 이.

목소리가 사라져가고 있습니다 내가
돌아오지 못하겠습니다 다시 여기로

너는 어디에 있습니까 만지지 않을 때
나는 어디에 있습니까 말하지 않을 때

우리는 어디에 없습니까 당신은
없습니까 어디에 그러니까

당신은 언제에 있습니까

제2장

  그랬군입쇼 해설라무네 그랬구만인뎁쇼 자네는 이
미 움직임이 없고 더 이상 말이 없고 그 말로 그 말속에
서만 움직이던 나도 움직임을 그만 멈췄는뎁쇼 나는 어
쩐지 안 보이는 나무들이 나를 둘러싸고 있는 것만 같은
뎁쇼 나는 여기를 말인뎁쇼 전에도 와본 적이 있는 것만
같다는 말인뎁쇼 내가 기대 있는 나무인지도 알 수 없는
이 나무가 적어도 나무가 맞기만 맞다면 이 나무 말고
더 많은 나무들이 우리를 둘러 지켜보고 있는 것만 같은
느낌이 이 몸뚱이뿐인 몸뚱이에서 솔솔 일어난단 말인
데 말인뎁쇼 하니 어쩌면 여긴 숲이군입쇼

  당신도 이미 잘 알겠군입쇼 밤이 되면 바람 불고 나무
들이 짐승처럼 으르렁거리던 숲 말입죠 밤이 되면 나무
들이 없는 눈꺼풀을 열고 도깨비불 같은 없는 눈빛을 사

납게 빛내며 피 묻은 없는 이빨을 드러내며 나무가 있기 전부터 이곳을 떠돌던 소리들을 가지마다 끌어올리던 숲 말입죠 밤이 되면 이웃 나무와 몸을 맞대며 알 수 없는 눈물을 흘렸다던 해서 이 나무에 저 나무의 자국이 남고 저 나무엔 이 나무의 자국이 선명해 한 덩어리로 흔들린다던 그런 숲 말입죠

나무들마다 모두 육식의 흔적이 역력한 그런 숲 말입죠 어쩌면 나는 나무들에게 당한 것인지 모르는데 말입죠 나무들에게 머리를 먹히고 어둠 속에 버려져 있었는지도 모르는데 말입죠 그것이 땅인지 내 몸뚱어리인지도 구별할 수도 없이 납작 엎드린 채 말입죠 어쩌면 나는 없는 어미의 이미 죽은 아이인지도 모르고 모르는데 말입죠 없는 우물에설랑 태어난 적 없는데도 생겨만 나

는 늪에 빠져 죽은 아이인지 모르는데 모르는뎁쇼 육식
의 나무들에게 머리를 먹히고 버려진 없는 어미의 없는
우물에서 태어난 적 없는 늪에 빠져 죽은 아이인지도 이
헛소리의 주인인지도 나는 모르고 모르고 모르는뎁쇼

　그랬군입쇼 해설라무네 그랬구만인뎁쇼 내가 좀전에
이봐 거기 누구 없어? 라고 소리쳤을 때 내가 못 들은 건
자네의 대답이었군입쇼 나를 너라고 칭했대도 나는 자
네의 말을 들은 적이 없소만인뎁쇼 너라고 부르기만 불
렀지 왜 자네의 말을 듣는 자로 나를 삼지 않았던 것인
가 하는 의문이 없는 내 머리의 골치를 썩게 만드는뎁쇼
하 외로워만 지는뎁쇼 내가 만지던 자의 말이 나를 향하
지 않았었다는 사실이 이곳의 공기를 서늘하게 하는뎁
쇼 살 위로 오소소 소름 돋게 돋아 그늘지게 흐려지게

하는뎁쇼 나는 인칭이 없었대도 좋았으련만 아무도이
면서 누구나인 그런 너였대도뎁쇼 내가 말입죠 안 좋았
겠는가 말입죠 하기만 하는뎁쇼 이런만인뎁쇼

　한데 내가 기어코 자네의 그림자 속에서 자네의 말로
생겨나 몸을 일으켰다면 말인뎁쇼 내 말은 하여 자네의
말속의 말일 텐데 말인뎁쇼 이미 자네의 말이 멈췄다면
말인뎁쇼 이 쉴 대로 쉰 이 기괴한 목소리는 또 누구의
것이란 말인갑쇼 자네의 살은 벌써 짓물러지고 있군입
쇼 내 몸 또한 이제 그것으로 돌아가고 있습죠 뼈만 앙
상한 목소리는 말고 자네의 말도 자네의 말속의 내 말도
모두 침묵으로 비집고 들어갔더란 말입죠 여기 말 있었
는지조차 희미하게 희미하게 잊히는 중이란 말입죠 이
잊히는 말을 듣기 위해 당신은 거기 있는갑쇼 오직 잊어

버리기 위해 당신은 거기서 내게 귀를 열고 있는갑쑈

　하다면 어쩐지 여긴 망각 속일지도이군입쇼 어쩐지
망각의 풍경 속에서 조각나고 이어지며 말을이군입쇼
어쩐지 누군가의 누군가의 누군가의 침묵이 삼켜버린
말 이전일지도이군입쇼 말 이후일지도이군입쇼 그 말
로부터 생겨나는 일어남 이전이자 이후일지도이군입쇼
어쩐지 이 목소리는 그것이 깨어난다고 말하는 이라고
말하는 이라고 말하는 누군가의 겹겹의 망각들이 쌓여
생겨난 아니 생겨나지 않은 풍경일지도이군입쇼 한순
간 아니 한 시절 아니 한 천년 나와 너와 자네의 움직임
과 만짐과 쏟아놓은 말들이 침묵 속에서 사라지고 잊히
고 우리가 마침내 없었다는 풍문이 숲을 이루고 일렁이
이고 없는 어미가 생겨나고 죽은 아이가 생겨나고 없는

우물이 무성한 늪이 이고만인뎁쇼

제3장

어둠 물러나고

다시 날이 밝고

창문으로 햇살

비쳐들고 햇살은

어제의 햇살

아니고 창문 밖

웅성거림도 어제의

웅성거림 아니고

밤새 내가 붙들고

있던 어제의 글자들

다시 위태롭고

*끝을 시작하기*에

밤새 덧대었던

*그와 함께*는 이미

햇살이 야금야금

갉아먹는 중이고

내 손을 떠난

*끝을 시작하기*는

햇살을 피해

방 안을 둥둥

떠다니고 잡히지는

다시 않고 나

위태롭고 오늘의

글자들을 파내듯

쓰고 있고 쓰지

못하고 있고

내가 나라고

나를 생각할 때

글자들 사이로

자꾸 끼어들어

내가 나를 자꾸

벗어나고 나는

내가 아니고

아니어도 자꾸

나는 끼어들고

번성하고 햇살처럼

웅성거리고 해도

창문은커녕 글자들

밖으로는 흘러

넘치지는 또 못하고

빼곡한 나들로

글자들 보이지

않고 너무 많아

나들에 하나하나

이름 붙일 수 없고

이름도 없이 둥둥

떠다니는 *끝을*

*시작하기*만 멀뚱

멀뚱 보기만 하고

야금야금과 둥둥과

멀뚱멀뚱이 반복

되는 방 안이고

나는 쓰고 나는

쓰지 못하고만

반복되고 있고

어제의 내가

오늘 불어난 나들

가운데 하나를

골라잡아 몸을

바꾸고 바뀐

나는 글자들

사이로 재빠르게

숨어들고 구별되지

않고 이름을 모르고

이름 붙이지

않았으므로 언제의

나인지도 알 수

없고 나와

같다고 이미 할 수

없는 나는 쓰고

쓰지 못하고 내가

더 불어나기 전에

더 숨막히기 전에

나는 쓰기 이전으로

나는 쓰지 못함

이전으로 가려고

가지 못하려고

*와 함께*는 먹히고

부스러기만 남은

그라는 글자를

햇빛에게서 빼앗아

움켜쥐고 가까스로

문을 열고 바깥으로

바깥엔 펄펄 눈

날리고 햇빛 따윈

없고 눈발 너머

이웃들이 음산한

눈빛을 빛내고

보이지 않고

끝도 시작도

그도 그 자리에

목소리 하나

하얗게 눈 맞으며

그제서야 말을

눈보다 하얗게

입을 떼고 곧

녹아 없어질 말을

(그것이 깨어난다

어둠 속에서)

말을 눈보다 하얀

눈빛 지우며

이웃도 지우며

나도 지우며

흘리고 방으로

다시 돌아갈 길

찾지 못하고

꼬리에 꼬리를

무는 이 알레고리의

꼬리를 잘라낼

방법 끝내는

찾지 못하고

이웃들이 눈치채기

전에 황급히

목소릴 주워

눈 속으로 눈발

속으로 숨어들고

눈보라 속으로

가고 가고만 가고

에필로그

짐승이 돌아간 뒤 그는 짐승이

남기고 간 말에 골몰하였다

그가 말에 입힐 의미들을 여기

저기서 그러모았으나 말은

끝내 의미를 입지 않은 채

고향으로 가버렸다 떠나옴

이면서 돌아감 혹은 떠나감

이면서 돌아옴 같은 곳이라면

고향일 밖에 없다고 그는 생각

해버렸다 말이 입지 않은 의미는

낡아 바래고 삭아 무너지고

짐승의 흔적만 집안 곳곳에

남았다 짐승이 성성이라 할 수는

없어도 성성이를 일컬어 사람의

말을 하지만 짐승을 벗어나지

못한 짐승이라는 기록을 그는

옛 문헌에서 찾아냈다 짐승을

벗어나면 사람이 되는 것인지는

찾지 못했다 하여 짐승이 남기고 간

흔적의 파편들로부터 창백한 내가

태어나게 되었다 나는 보이지 않지만

창백하고 목소리가 없었다 처음에

그는 제 목소리를 조금 빌려

주었지만 그의 목소리는 쇳소리가

심하게 섞였고 기괴하기 짝이 없었다

나는 그를 버렸다 다른 목소리를

찾기 위해 그의 집을 나왔다

의미들처럼 나 또한 무너져 내릴

것 같았다 나는 목소리 수집가가

되었다 유난히 을씨년스러운

눈이든 비든 금방이라도 쏟아

질 것 같은 그런 날씨를 골라 나는

거리를 배회했다 그런 날이면

길모퉁이 어둠침침한 구석 쯤에

웅크린 사람 하나쯤은 있게 마련

나는 한 번도 그런 자들을 그냥 지나친

적은 없다 눈치채지 못하게 재빨리

그자들의 목소리를 훔쳐 목에 걸었다

목소리로 엮은 목걸이에선 치르렁

치르렁 목소리들이 흔들렸다 나는

그중 하나를 골라 내 목소리로

삼곤 했다 간혹 골목을 지나다

담장을 넘어오는 목소리를 얻게

되는 운 좋은 날도 있긴 하나

그런 목소리는 꼼꼼히 살펴야 한다

너무 슬프거나 우울한 목소리는

금방 상해버리기 일쑤이다

잔뜩 화가 난 목소리가 담을

넘어와 들러붙을 때도 있는데

그럴 때는 정말 조심해야 한다

목소리의 주인이 봉두난발로

쫓아오기도 한다 부리나케 줄행랑을

치지 않으면 다른 목소리마저

빼앗길 위험이 있다 사람의

말을 하지만 짐승을 애써 벗어나지

않은 짐승의 목소리도 있긴 있을

것이다 어쩐지 나는 그 목소리의
주인이 당신만 같다 언제가 될지
어디가 될지 모르겠지만 조만간
당신은 나와 마주칠 것이다 그땐
너무 당황하지 말길 전혀 알아채지
못한 채 당신은 다음날에서야
당신의 목소리가 사라졌음을
깨닫게 될 것이다 방금도 으스스한
전봇대 아래서 당신을 닮은 사람과
마주쳐 목소리를 슬쩍해 오는 길이다
실은 여기가 그만 낡아 미래도
낡고 이 문장들도 삭아 곧 무너져
내릴 것만 같아서 시급히도
당신의 목소리를 찾는 것인지도

당신이 목소리가 어떤 말을 하든

그건 정말이지 아무것도 아닐

터이다 아직 아무것도 아닌 말을

지껄이는 당신의 목에 이제

내 목에 주렁주렁 매단 목소리들을

걸어주고 싶다 그러면 창백한 내

얼굴에도 붉은 웃음 하나 걸릴지

번질지 모른다 끝을 시작할 차례라고

나는 누군가의 목소리로 중얼거린다

이제 당신 차례 당신은 시작되지도

않았는데 끝나지 않을 것만 말도

당신의 웃음도 끝나지 않을 것만

같다 같은데 나는 목소리 수집가 오늘도

거리를 배회한다 당신의 목소리를

찾고 있다 거기 있는가 당신 있다면
어서 나를 찾아라 나를 알아보라 어서

이제 그만

내 목소리들의 주인이 되어라

처음으로 장시를 썼다. 쓰려고 마음먹은 것은 5년쯤 전이다. 어둠 속에서 한 사람이 깨어난 게 그쯤이라는 말이다. 그 사람은 깨어나 여러 장의 종이 위에 휘갈겨졌다. 그 사람이 무엇이 되려고 혹은 무슨 말을 하려고 깨어났는지 알지 못했다. 나는 그가 휘갈겨진 종이들을 파일에 넣어 다녔다. 종이 가장자리가 너덜너덜해졌다. 이따금 그 종이들을 들여다보기도 했지만, 나는 그를 외면했고, 그에게서 애써 도망치는 일을 반복했다. 그동안 나는 다른 시들을 써서 발표했다. 그중 일부는 그가 휘갈겨질 때 발생한 이미지들에 빚고 있기도 하다. 꼭 그 사람 때문이라고 말할 수는 없지만, 내 시는 이전과는 다른 언어의 세계로 발을 옮겨갔다.

지난겨울 마침내 그 사람을 본격적으로 시 안으로 끌고 들어오려고 했을 때, 여전히 나는 그에 대해 알지 못했다. 수첩에서 '끝을 시작하기'를 발견한 건 운이 좋았다. 나는 그 말에 기대어 그 사람을 써내려갔다. 여전히 그 사람이 무얼 의미하려는지 '끝을 시작하기'가 왜 이 시의 제목을 차지하고 있는지 알지 못한다. 이 시의 요설과 사변과 횡설수설은 그러므로 그 알지 못함에서 비롯된다. 이 시 쓰기의 과정 자체가 그 앎을 향해 나아가는 여정인 셈이지만, 그건 알다시피 실패로 귀결된다. 그 실패가 새로운 언어의 출발이길 나는 기대한다.

쓰는 동안 수없이 흥분과 좌절과 회의와 지연이 반복됐다. 그 속에서도 나는 끝까지 쓰기의 우연과 즉흥을 유지하려 했다. 어쩌면 이 시에는 더 많은 우연과 즉흥이 필요했는지 모른다. 그러나 여기까지가 나의 한계다. 한계가 어둠 속에서 한 사람이 깨어나면서부터 이미 예비되었다 하더라도 나는 일단 이 한계를 사랑하지 않을 수 없다. 이것이 나의 언어의 한계이자 내가 처한 세계의 한계일 수 있다. 지독하게 한번 사랑하고 나는 또 너머로 갈 것이다. 거기서 다시 요설과 사변과 횡설수설 아니면 또 다른 것들이 마음껏 발아해 두근거리는 세계를 다시 언어로 구축하리라는, 혹은 결국 실패하고 말리라는 믿음과 함께.

시인
에세이

폐허라는,

1.

어디 있습니까,라고 당신에게 물을 수 있습니까? 폐허,라고 나는 오로지 대답할 수 있습니다. 당신은 어디 살고 있습니까,라고 묻는다면? 폐허,라고 오로지 대답할 수 없습니다. 장소는 모두 폐허입니까? 오로지, 폐허, 라고. 거기 있습니까? 폐, 하고 파열음을 발음하고 나면 무언가 몸에서 빠져나가는 느낌입니다. 몸이 장소입니까? 허, 하고, 아직 입술이 다물어지지 않은 상태에서 다시 발음하면 더 이상 빠져나갈 게 없는데도 더 더 더 빠져나가는 느낌이 듭니다. 몸이 시간입니까? 아무것도 남지 않습니다. 무엇이 있었습니까? 아무것도. 아무것도 없는데 무엇이 빠져나갑니까? 아무것도 없었다는 사실이 있었습니다. 부재입니까? 무언가 있었다는 사실이 아무것도 없었다는 사실 속에는 남아 있습니다. 시간입니까? 문장 속에 시간이 처해 있습니다. 바람입니까? 바람입니다. 흔적입니까? 잔해입니다. 살아 있습니까, 라고 당신에게 물을 수 있습니까? 그저 있습니다. 폐허는. 아직 사라지지는 않은 채. 확실히 당신입니까? 폐허, 라고 오로지.

2.

갔니?

못 갔어. 시인 레온이 그 사진을 보여주었을 때 나는 조금씩 사진 속으로 부서져 내리는 것 같았어. 마모되는 것 같았지. 눈부시게 푸른 하늘을 배경으로 사구의 아름다운 곡선들이 사진에는 흘러 다니고 있었어. 그리고 멕시코의 사막 모래 언덕 아래 반이나 묻혀버린 건물의 잔해들이 선명하게 모습을 드러내고 있었지. 모래폭풍이 마을을 덮쳤다고 했어. 기묘했어. 다른 시인이 점심 초대를 하는 바람에 우리는 거기 가는 걸 포기했어. 지구 반대편에서 날아온 우리를 위해 마련한 특별한 자리여서 거절하기 어려웠지. 점심 식사는 여섯 시간 동안 계속되었어. 요리사가 뒷마당에서 끊임없이 요리를 내왔어. 우리는 여섯 시간 동안 그 음식들에 곁들여 데킬라와 메스칼을 마셨지. 즐겁고도, 기묘했어. 사막에 갔더라면 어땠을까? 폐허에 갔더라면 나는 좀 더 강렬한 폐허의 이미지를 떠올려볼 수 있을까?

갔니?

못 갔어. 못 가고도 나는 사막에 관한 시를 썼지. 그 시에서 사막은 먼 곳이었고 닿은 수 없는 누군가 있는 곳이었어. 사막에 도달하기란 불가능한 거였는지도 몰라. 나중에 그 사막의 이미지를 내가 사는 도시로 가져와 도시를 폐허로 그려보기도 했지. 어쩌면, 말이야. 레온이 보여주었던 사진을 나는 벌써 내 시들을 통해 예감했는지 몰라. 사막이 무시간적이라면 폐허는 아직 실제적 시간을 간직하고 있지. 레온이 보여준 사진도 내가 오래전에 쓴 시도 무시간성이 실제적 시간을 잠식해가는 광경을 보여주는 거였다고 생각해. 사막은 아예 다른 시간이지. 바깥이야. 거긴 상상할 수 없어. 상상력조차 광대한 무(無) 속에 마모된 채 섞여버리는지 모르지.

갔니?

못 갔다니까. 해서, 말인데, 나는 폐허에 집착해. 완전히 사막에 묻혀버리기 전까지 그 시간의 모습. 폐허 역시 다른 시간임이 분명해. 폐허는 폐허가 되는 순간부터 그때까지 집적되어 있던 시간으로부터 달아나기 시작하지. 달아나면서 아직 오지 않은 시간이 실제적 시간을 대체하는 모양으로, 있지. 우리는 망각이 시나브로 그리고 생각보다 부지런히 기억과 몸을 바꾸는 모습을 지켜보게 되는 거야. 그저 망연히. 망각은 한데, 기묘한 시간을 우리 앞에 부려놓지. 폐허 앞에서 우리가 마주하는 것은 실제적 시간에 속한 인간과 세계의 무상함이 아니라, 거기 불쑥 얼굴을 내민 우리가 한 번도 경험해보지 못한 낯선 시간의 얼굴이야. 그 낯섦이 현재를 아래서부터 조금씩 부식시키고 마모시킬 것이라는 불길한 예감과 함께. 그게 아니라면 내가 무엇 하러 폐허에 집착하겠어?

갔지?

갔긴 갔는데, 갔다기보단 발견했다고 하는 게 맞겠지. 아니, 내가 발견되었나. 거기가 날 찾았는지 내가 거기를 찾았는지 아직도 헷갈리긴 해. 전에도 말했지만, 내 고향 마을의 저수지 말이야. 그 물 아래 잠긴 마을 말이야. 열여덟 살 여름 내가 물 빠진 저수지를 헤매고 다닐 때, 그 폐허는 비로소 내 눈에 들어왔어. 알고는 있었지만 새삼 다시 발견하게 된 거야. 그 마을은 전쟁 이후까지 출몰했던 빨치산과 연루되어 있지. 토벌이 끝나고 마을을 수몰시키려 일부러 저수지를 막았다는 흉흉한 말도 돌았어. 한 번도 본 적 없는 호랑이의 소문도 거기 어슬렁거리고 있었지. 실제로 호랑이뽕당지(봉우리)가 존재하기도 했으니까. 무엇보다 거긴 내 아버지와 할아버지가 태어난 곳이었지. 이제 물속이 그들의 고향이야.

갔지?

다시는 가지 않아. 갈 수가 없지. 이제는. 물을 벗어난 마을의 이름이 윗마을의 이름을 잡아먹고 본래 마을인 양 행세하는 마을에서 나는 태어났어. 그 덕에 내 아버지와 할아버지와 나는, 장소는 달라도 같은 이름의 고향을 지니게 되었지. 기묘해. 내가 태어난 집은 고속도로 공사로 흙에 묻혔지. 이제 내 고향은 흙더미 속이야. 폐허에서 시작되어, 계속 생겨나는, 생겨나기만 하는, 기억을 넘어서는 무수한 부재들, 기묘해. 폐허를 벗어나고도 마치 뱀처럼 움직여가는 그 부재들로부터 내 시가 시작되었다고 오래전부터 생각해왔어. 한데, 나는 왜 거기를 발견하게 되었을까? 폐허가 날 발견한 게 아닐지, 폐허가 날 선택한 게 아닐지. 나는, 열여덟의 소년은 장맛비가 잠시 그친 사이 다만 저수지 건너편에서 일렁이는 붉은빛을 따라갔을 뿐인데, 뿐이지, 뿐이었을 뿐이야. 그때 폐허가 내 몸에 옮겨온 게 아닌가 해. 옮겨와 수십 년 동안이나 나를 숙주 삼아 내게 기생하며 나를 잠식하며 몸집을 키워온 게 아닌가, 말이야. 마침내 온통 나를 차지해버린 게 아닌가, 말이야. 그렇지 않다면 내가 왜 폐허에 이토록 집착하겠어?

3.

지탱하던 모든 믿음은 무너졌어요. 내면입니까? 세계입니다. 모순들이 바이러스처럼 창궐합니다. 과장입니까. 현재입니다. 어떻게 있습니까? 미련하게도 숨은 붙어 있습니다. 소멸입니까? 가치들의 마지막 남은 기둥을 붙들고 겨우 목숨을 연명하고 있습니다. 멸망입니까? 그럼에도 불구하고, 입니다. 희망입니까? 지독하게 풍겨 나오는 악취입니다. 뒤섞입니까? 사이입니다. 이미와 아직의. 어디에도 속하지 못한 시간들이 폐허가 됩니다. 무수히 증식하면서 전염되는. 시간입니까? 혼돈입니다. 도래합니까? 슬픔입니다. 장담합니까? 죽어서 숨을 쉴 수 있었다*, 입니다. 나타납니까? 흩어집니다. 결국엔. 나도. 세계도. 어디서 다른 시간은 새로 지어지고 있을까요? 어디서 새로 태어나고 있을까요? 언어는. 살아납니까? 폐허입니다.

---

* 파울 첼란, 「프랑스에 대한 회상」, 『파울 첼란 전집』 1, 문학동네, 2020.

해설

망각의 글쓰기, 망각의 말하기

김태선(문학평론가)

0.

해가 기울고 어둠이 찾아오는 시간, '끝을 시작하기'라고 쓰는 한 사람이 있다. 오래된 책장의 글자들을 햇빛이 하루 종일 먹어대는 걸 보고 그이는 햇빛이 먹다 만 글자들이 어둠의 먹이가 될 것인지를 묻는다. 글자들이 사라져가는 움직임에서 그이는 자신에게 도래할 어떤 시간의 끝을 예감하고 있는 것인지도 모른다. '끝을 시작하기', 이 말은 "빛바램과 낡음 너머 삭아 부스러져 아예 사라지기 딱 그 전까지"의 어떤 움직임이라 한다. 사라져가는 움직임에 기꺼이 참여하여 그 움직임을 자신의 능력으로 삼으려는 시도. '끝을 시작하기'를 쓰는 일은 존재하는 모든 것들이 속한 거대한 수동성의 운명을 다스리고자 하는 의지를 표현하는 것일까.

그러나 죽음을 능력으로 삼는 일은 불가능한 시도로 보인다. 그럼에도 도깨비바늘처럼 '끝을 시작하기'라는 문장이 들러붙어 글을 쓰도록 한다. 어느 날, 마치 글쓰기의 영감처럼 다가온 짐승이 남긴 알아들을 수 없는 말에서 자신이 오래 전에 썼던 말을 발견한 이후, 그이는 글쓰기에 사로잡혀 있다. 제 안의 글자들이 모두 사라져가는 걸 초조하게 바라보며 남은 글자들을 붙잡아 작품의 완성에 이르고자 한다. 김근의 시집 『끝을 시작하기』에서 우리가 만나게 되는 이야기는 글쓰기의 과정에서 겪게 되는, 어떤 말하기가 이루어내는 기묘한 발생과 소멸 그리고 이행의 움직임들이다. 하지만 이 움직임들은 또한 명료한 언어로 옮길 수 없는 어떤 어둠에 휩싸여 있다. 시인의 작업은 어둠에서 어둠으로, 어둠과 함께한다.

1.

어둠 속에서 '그것'이 깨어난다. '나'는 "그것이 깨어
난다는 사실만이 나를 말하게" 한다고 전한다. 여기서
우리는 글쓰기, 혹은 말하기의 본질적인 모순과 만난다.
'그것'이 "깨어난다는 사건이 말 속에서 생겨"나는데,
동시에 '나'를 말하게 하는 것은 '그것이 깨어난다는 사
실'이라는 기이한 모순을. 말하기 이전에 '그것'은 깨어
나지 않는다. 그리고 '그것'의 깨어남이 없이는 말하기
역시 이루어지지 않는다. 모든 글쓰기의 어려움은 바로
이와 같은 시작의 불가능성에서 기인한다. 그럼에도 시
작의 불가능성을 통과하며 '나'는 말하기 시작하는데,
그때 말을 하게 하는 것은 '나'가 아니라 말하기에 의해
말하기와 함께 깨어난 '그것'의 존재이다.

'그것'의 정체는 어둠에 휩싸여 있다. 제1부 제1장의
화자는 '나'의 말하기가 '그것'에 가닿지 못해 '그것'을
"사람이라고 하자"고 가정한다. 말하기와 함께 '그것'의
육체가 빚어지고 움직이지만, '나'의 말하기는 또렷해
지지 않는다. 다만 '그것'이 생겨나는 순간만을 포착하
고 있을 뿐이다. "말은 어디까지 움직이는가 말은 풀어
지지/못하고 망설이고 맴돌고 어디까지 정체되는가"라

는 물음처럼 말하기는 '나'의 다스림 아래에 있지 않다.

"이봐 거기 누구 없어?" 1장에서 '그것'으로 불렸던 자의 물음으로 2장이 시작한다. 그 물음에 돌아오는 답은 없다. 또한 '그것'이 말하기 시작한다고 하였지만, '그것'의 말하기는 "말이 되지 못하는 소리"에 머물러 있다. 그럼에도 '그것'은 "난 계속 말이 될 때까지 소리를/흘려보낼 작정이라고" 한다. '그것'은 자신의 육체를 손끝으로 더듬으며 "지금 막 내 육체가/빚어지고 있는 중이야"라며 감각을 인식하는 일과 함께 세계가 확장되는 경험을 전한다. 그러한 가운데 '그것'은 자신을 알아보지 못한다는 사실을 깨달으며 "왜 나는 나를 나라고 말하고 있는지"라는 물음을 던진다. 자신을 '나'라고 할 수 있게 하는 일은 타자의 존재를 필요로 한다. '나'가 발산한 기호에 대한 타자의 응답을 '나'가 다시 수신해야 하는 것이다.

'나'라는 심급에 관한 물음을 던지는 가운데 '그것'은 자신의 머리가 만져지지 않는다는 사실을 발견한다. '그것'의 말하기가 "말이 되지 못하는 소리"에 머무를 수밖에 없었던 까닭은 머리의 부재에서 기인하는지도 모른다. '그것'에게 자신의 머리가 부재한다는 사실은 스스로를 다스림 아래에 둘 수 없다는 사실을 함축하는지도 모른다. 머리가 없다는 사실을 발견하는 일과 함께 '그것'은 자신의 팔다리가 "제각각 방향도 없이/흔들리고" 몸이 제멋대로 움직이는 상상을 하고 또 몸이 힘없이 늘어져 제대로 움직이지 않는 경험을 한다. 이윽고 자신이 어둠에 먹혀 부패할지도 모른다는 생각을 하기에 이른다. 그런데 이렇게 방향을 찾지 못한 채 힘겹게 움직이는 모습은 1장에서 '나'의 말하기가 보였던 궤적과 유사하다.

3장에서는 글을 쓰고자 하는 인물이 화자로 등장한다. '*끝을 시작하기*'라고 쓰는 사람, 그는 "내가 나를 보고도라고 쓰고 싶었다"고 하며 이야기를 전개한다. 육식의 흔적이 있는 나무들, 어린아이가 빠져 죽은 늪이 생겨나는 일, 무언가를 먹어치우는 소리와 "멸하고 생하는 소리"와 "없는 어미는 수많은 없는/어미가 되어 자꾸 일어나고 일어나 수없이 나를" 때리는 일 등등의 것들을 쓰고자 하지만, 그 사이로 끊임없이 '*끝을 시작하기*'라는 글자가 끼어든다. 쓰고 싶었던 것들은 실현되지 못한 상태에 머무른다. "이제 낡아갈 일만 남은 방/안에서 어둠 쪽으로 내 몸의 검정이 빠져나간다"고 하며, 그이는 자신에게 글쓰기의 능력이 모두 바깥으로 새어나가 소진되었다고 느낀다. 모든 것을 소진한 가운데, 무엇을 하든 "바래고 낡을 일만 남아" 있다고 생각하는 가운데에서도 그이는 '*끝을 시작하기*'라고 쓴다. 어떤 희망도 남아있지 않은 가운데에서도 글을 쓴다는 것은 도대체 무엇을 이르는 것일까.

2.

제2부 제1장에서 '그것'은 이제 '너'라고 불린다. '그것'을 '너'라는 2인칭으로 부르는 까닭은 "사람이라고 가정"되었기 때문이기도 하지만, '나'와 분리함으로써 "*누구의 참견 없이 내가 네게 지시한다는 기분으로/여기 있게*" 하기 위해서라고 한다. '나'는 '너'를 지시함으로써 스스로의 말하기를 다스리고자 한다. 이러한 말하기 가운데 '너'라고 호명된 '그것'에게 머리가 없는 까닭도 함께 밝혀진다. '너'는 '나'를 보아서는 안 되고, 나아

가 '너'에게 생각조차 있어서는 안 되기 때문이다. "*네 가 나를 보고 나에 대해 생각한다면/완벽한 억압이 아 니지*"라면서 '나'는 '너'를 온전히 제어하려고 한다. 분 리의 작업과 함께 이루어지는 예속의 작업, 이는 글쓰기 를 온전히 자신의 능력과 계획 아래에 두고자 하는 이들 의 바람이기도 할 터이다. 그러나 글쓰기를 온전히 다스 리겠다는 바람은 헛된 희망이다. 글쓰기, 혹은 말하기 는 '나'의 계획대로 이행하지도, '나'의 통제 아래에서만 움직이지도 않는다. '나'의 몸으로부터 분리되어 바깥 으로 나온 말은 나오는 그 순간과 함께 스스로 행동하며 '나'의 다스림을 넘어선다.

여기서 '너'라고 불리게 된 '그것'은 나무에 묶인 몸과 만나는 장면을 살펴보자. '너'는 나무에 묶인 몸을 손끝 으로, 발끝에서 시작해 위를 향해 천천히 더듬는다. 여 기까지는 '나'의 말하기가 부과하는 움직임을 '너'가 성 실하게 이행하는 모습처럼 보인다. 그러나 '너'의 손끝 이 나무에 묶인 몸의 목젖을 지나고 턱에 이르자 '나'는 "*말을 그만 멈춰야겠어*"라고 한다. "*너를 옭아매려던 말 이/내 목을 졸라와 졸린 목에서도 말이 바람 빠지듯/새*

어나와"라는 말처럼 오히려 말하기가 '나'를 옭아매게 되었기 때문이다. '나'는 말하기를 멈추고자 하지만, 말하기와 함께 깨어난 존재는 말하기를 멈출 수 없게 한다.

2장에선 다시 '너'로 호명된 '그것'의 말하기가 펼쳐진다. '너'는 나무에 묶인 몸을 향해 '자네'라고 호명한다. '너'와 '자네'는 서로 대척점에 위치한 이들처럼 상반된 모습이다. '너'는 움직이지만 머리가 없고 '자네'는 머리가 있지만 나무에 묶여 움직일 수 없다. '너'는 깨어 있으며 소리를 내지만 '자네'는 말할 수 있는 입과 들을 수 있는 귀가 있어도 깨어있지 않기에 듣지도 못하고 말하지도 못한다. '너'는 타자의 존재와 만나게 되었으나 그로부터 자신의 말하기에 대한 답을 받지 못한다. 그러나 '너'의 말하기는 그치지 않는다. '자네'의 머리를 잘라내어 자신의 몸에 붙인다면 "삶과 죽음이 서로 몸을 바꿀까"라는 물음을 던지며, 그러한 일이 일어날 때 삶과 죽음 쪽에 서 있게 되는 것은 누구인지, 또 입으로 나오는 말은 누구의 말인지를 이어서 묻는다. 물음의 답을 구하진 못하였으나 '그것'은 무엇이 되었든 누군가는 말을 하고 또 누군가는 입을 닫는다는 인식에 도달한다.

3장에서는 '*끝을 시작하기*를 전개시켜 보기'를 이행하려는 움직임이 그려진다. 1부와 달라진 지점은 '끝을 시작하기'라는 표현 뒤에 '그와 함께'라는 말이 함께한다는 점이다. 여기서 이르는 '그'가 누구를 가리키는 지는 확실치 않다. 이곳에서 '그'는 몇 번이고 죽기를 반복하는 이로 등장한다. "그는 그의 삶을 살고. 나는 나의 삶을 살고. 서로의 삶의 반경이 이따금 겹치고. 겹친다고 착각하고." 익명으로 머물러 있지만 '그'는, 실존하는 자이든 아니면 말하기가 빚어낸 관념의 존재이든, '나'의 글쓰기에 일정한 영향을 끼친, 혹은 그 영향을 서로 주고받은 인물을 일컫는 것으로 터이다.

"끝을 시작하기. 그와 함께." 이는 반복과 함께 한다. "그가 죽기. 몇 번이고. 죽기 내 살에. 비 얼룩처럼. 번지고 스미고. 삶에서 비워진. 그가 내 살에. 흘러넘쳐." 말하기가 가운데 끊임없이 마침표가 찍히지만, 이는 글쓰기가 실패하더라도 '다시' 하기 위해서, '끝을 시작하기'를 이행하려는 시도들이자 실패들이다. 3장에 단속적으로 나열된 이야기들은 망각에 이른 것들이 파편적으로 제 모습을 다시 드러낸 것들이다. 글을 쓰는 자는 이 파편들을 언어로 옮기고자 노력한다. 그러나 망각에 이른 것들과 함께 말하기 위해선, 글쓰기 역시 스스로 지워지는 움직임에 이르러야 한다. 반복과 함께 침묵에 이르는 움직임을.

3.

제3부 제1장에선 '너'라고 불린 '그것'의 움직임이 멈추고, 이어서 나무에 묶여 있던 사람이 깨어난다. 그의 의식은 흐려져 가는 상태다. 힘겹게 눈을 뜨지만 눈에 보이는 건 희미한 빛을 통해 드리워진 그의 그림자뿐이다. 그는 고개를 들지 못하고, 그림자에게도 머리가 없다. 그런데 그가 입술을 움직이자 그림자가 꿈틀거리더니 몸을 일으켜 조금씩 기어온다. 그렇다. 그의 그림자는 말하기와 함께 생겨난 '그것'이기도 하다. 여기서 말하기의 비밀이 밝혀진다. '너'와 '자네'라 지칭되었던 이들은 모두 '나'였던 것이다. 또한 '나'의 말하기가 '그것'을 '너'가 되게 하였듯 '너'의 말하기가 '나'를 '자네'가

되도록 하였다. 1부와 2부에서의 말하기는 고립된 가운데에서 이루어지는 고독한 말하기로 보였으나, 실상 '나'에 의해 이루어지는 말하기는 언제나, 그것이 잠재적인 것일지라도, '너'의 존재를 만들어낸다.

그런데 1장의 화자는 자신이 말하지 않을 때 '너'와 '너'의 '자네'는 어디에 존재하는지를 묻는다. 말하기와 함께 생겨난 것들은 말이 멈출 때 "*없는/것들이 사는 나라의 어느 자욱한 안개 속을/헤매고*" 있는 것일까. 이때 '없는 것'들은 진공 상태의 무(無)로 사라지는 게 아니라 '없는 것'으로서 있다는 사실을 눈여겨 볼 필요가 있다. 말하기가 침묵에 이를 때 말하여질 것들과 말해진 것들이 단순히 진공 상태의 것으로 소거되는 게 아니라 어떤 잠재적인 영역으로 제 존재를 이행하는지도 모른다. 그러나 유한한 존재는 사라져가는 움직임에서 죽음이라는 앎 바깥의 것이 부과하는 불안을 느낀다. '너'였던 '그것'이 움직이지 않는 모습을 보며 '나'는 자신이 "*누구의 목소리 안에서/부패해갈까요*"라고 묻는다.

말하기는 일시적인 존재의 한 과정이다. 말하기 가운데 '나'는 끊임없는 사라짐을 경험한다. '나'의 존재를 보존하고자 하는 본능은 그와 같은 경험에서 미래의 전망에 대한 어두운 인식을 갖게 할 것이다. 그럼에도 물음으로 나타난 말하기는 끊이지 않는다. 왜냐하면 *"귀기울여 내 말을 듣고 있는 당신"*이 있기 때문이다. 하지만 *"당신은 끝끝내"* 침묵하고, '나'는 *"목소리가 사라져가고"* 있다는 사실을 겪으며 여기로 다시 돌아오지 못하리라는 인식에 도달한다. 침묵에 이르게 될 때 말하기의 '나' 역시 존재하지 않게 되는 것일까. 말하기가 멈출 때 '나'의 말하기가 향하는 '당신'은 '언제'에 있게 되는 것일까.

3부 2장에서 우리는 여전히 '그것'이 말하는 모습과 만난다. 그런데 '그것'이 말하고 있는 곳은, 육식의 흔적을 지닌 나무들이 있는 숲으로, 3장의 화자가 쓰고자 했던 망각의 파편들이 출몰하는 곳이다. "어쩐지 여긴 망각 속일지도이군입쇼 어쩐지 망각의 풍경 속에서 조각나고 이어지며 말을이군입쇼"라는 말처럼, 여기는 말하기가 멈추었을 때 언어의 존재가 이르게 되는 망각의 영역이다. 말하기 이전이자 이후이다. 이곳에 "한 시절 아니 한 천 년 나와 너와 자네의 움직임과 만짐과 쏟아놓은 말들이 침묵 속에서 사라지고 잊히고 우리가 마침내 없었다는 풍문이 숲을 이루고 일렁이고 없는 어미가 생겨나고 없는 우물이 무성한 늪이" 자리한다.

일반적으로 망각은 기억이 사라지는 일, 기억을 잃어버리는 일을 일컫는다. 그러나 또 다른 망각이 있다. 하이데거가 휠덜린에 관한 한 시론에서 '대담한 망각'이라 한 망각의 움직임, 이는 현실에선 은닉된 방식으로 머무르는 어떤 본질의 영역에 이르는 움직임이다. 이를 위해선 '나'를 넘어서는, '나'를 지우려는 노력이 필요하다. '나'에 집착하는 일에서 벗어나야 한다. 3장의 화자는 글을 쓰는 가운데 "내가 나라고/나를 생각할 때/글자들 사이로/자꾸 끼어들어/내가 나를 자꾸/벗어나고 나는/내가 아니고"와 같은 경험을 한다. 그러나 다시 그 자리로 '나'가 자꾸 끼어들어 쓰지 못하는 일도 되풀이된다. 그러한 '나'로부터 벗어나기 위해 '나'는 '나'를 지우고 *그와 함께* 망각에 이르는 움직임을 이행하고자 한다. *끝을 시작하기* 어쩌면 이 일은 '나'를 지워가는 망각을 글쓰기와 함께, 그리고 그와 함께 이행하는 노력일 터이다.

0.

프롤로그에서부터 3부에 이르기까지 말하기와 글쓰기를 수행하는 인물은 '나'였으나, 에필로그에 이르러 이 '나'는 '그'로 이행해 있다. 에필로그에서 말하는 목소리는 말하기와 함께 깨어난, 말하기의 존재인 '그것'이다. '나'는 지워지고 이제 '그것'이 스스로 말을 한다. '그것'은 '나'의 목소리, 즉 '그'의 목소리를 버리고 다른 목소리들을 모으는 수집가가 된다. 작품은 작가의 손을 떠나는 순간 작가의 존재를 지우고, 그것을 읽는 독자의 목소리를 입기 시작한다. 작품은 독자에게 자신의 정서를 전하여 변용케 하고, 독자는 작품을 읽으며 작품의 목소리를 바꾸어낸다. 서로가 서로에게 영향을 미치며 함께 이전의 모습을 지우고 다른 무언가로 변하여가는 움직임을 이행한다. '나'라는 고립된 심급을 넘어, 망각에 망각을 거듭하는 움직임이 말하기와 글쓰기의 시간뿐만 아니라 말을 듣고 글을 읽는 과정 중에서도 일어나는 것이다.

듣기와 읽기의 과정이 끝나고, 작품에서의 '나'가 전한 말하기가 멈추게 되더라도 독자인 '당신'은 또 다른 망각을 이행하며 말하기의 과정을 다른 모습으로 끊임없이 이어나가게 될 것이다. 독서의 경험은, 비록 망각의 저편으로 이행하여 의식에 떠오르지 않게 되더라도, 이를테면 무의식 가운데에서 끊임없이 다른 경험들과 대화하며, 때때로 삶에 어떤 영향을 끼칠 것이다. '끝을 시작하기', 이는 '나'를 지워가는 망각의 움직임에 참여하는 일이다. 이를 통해 각각이 고립된 것으로 여겨졌던 존재들의 삶이 서로 겹치게 되는, 대화라는 예외적인 사건이 이루어진다. "당신의 목소리를 찾고 있다/거기 있는가/당신 있다면/어서 나를 찾아라 나를 알아보라 어서//이제 그만//내 목소리들의 주인이 되어라", '끝을 시작하기', 이는 또한 당신을 향해, 당신의 목소리를 듣기 위해 '나'를 열며 끝없는 소통에 이르고자 하는 부름이기도 하다.

김근에 대하여

김근은 견딜 수 없이 시시각각 엄습해오는 시적 긴장감을 단박에 해소해버리고자 제 고유의 비유와 독창적인 가락을 시에 끌고 들어온 것이 아니라, 쓰러져도 지치지 않는 불멸의 의지로 타인과 함께 시라는 자식을 잉태하고 또 출산하기 위해서, 세계와 나와 타자와 통념과 싸운다. 그는 이대로 머물 수 없다는 자각에서 비롯된 시, 형식에 눈먼 미학적 맹목과 턱없는 관념에 사로잡힌 내용 중심주의의 시를 비판적 시선으로 떨쳐내고자 분연히 제 내부에서 공동체의 시, 다시 점검되는(하는) 시, 매 순간 흐트러지는 시적 의식을 공동체의 이름으로 다시 붙들어 내려는 의지의 발로이자 이행의 필요성에서 비롯된 시를 선보였다.

　　　　조재룡, 「잃어버린 조카를 찾아나선 공동체의 기투 ─
　　　시적 이행의 용기에 대하여」(『한국문학』 2013년 가을호)

그는 삶과 죽음을 함께 웃는다. 한 시인의 개성은 그가 품고 있는 모순의 개성이다. 김근은 그만의 모순 덕분에 김근일 수 있었다. 이제 그는 삶을 죽음으로 성찰하고 죽음을 삶으로 껴안는 일에 더 적극적인 듯 보인다. 귀신 들린 채 로 혹은 불타는 몸으로, '오직 울기 위한 눈'을 가진 사람들과 몸을 섞으며 '영원히 태울 수 없는' 눈(책)이 되어 세상을 직시하기 시작하였다. 비명(非命)에 간 자들의 비명(悲鳴)을 비명(碑銘)에 기록하는 장엄한 일이 시인의 일이라는 듯 이렇게 단호하게 매달리고 있다. 이 길이 유일하게 올바른 길은 아니겠지만 시인이 가볼 수 있는 가장 아프고 영광스런 길 중의 하나가 또한 이 길이다. 이 길을 가는 자, 지금 얼마나 되는가. 1970년대산 2000년대발 시인들 중에서 김근은 하나뿐이다.

신형철, 『몰락의 에티카』(문학동네, 2008)

K-포엣

끝을 시작하기

2021년 9월 30일 초판 1쇄 발행

지은이 김근
펴낸이 김재범
관리 홍희표 박수연
인쇄·제책 굿에그커뮤니케이션
종이 한솔PNS
펴낸곳 (주)아시아
출판등록 2006년 1월 27일 제406-2006-000004호
주소 경기도 파주시 회동길 445
전화 031.955.7958
팩스 031.955.7956
홈페이지 www.bookasia.org

ISBN 979-11-5662-317-5 (set) | 979-11-5662-564-3 (04810)
값은 뒤표지에 있습니다.

바이링궐 에디션 한국 대표 소설 목록

K-픽션 한국 젊은 소설

최근에 발표된 단편소설 중 가장 우수하고 흥미로운 작품을 엄선하여 출간하는 〈K-픽션〉은 한국문학의 생생한 현장을 국내외 독자들과 실시간으로 공유하고자 기획되었습니다. 원작의 재미와 품격을 최대한 살린 〈K-픽션〉 시리즈는 매 계절마다 새로운 작품을 선보입니다.